Violettes et primevères

Poésies enfantines
Pièces à Dire
par Maurice Morel

Librairie Larousse - Paris

VIOLETTES ET PRIMEVÈRES

Violettes et Primevères

POÉSIES ENFANTINES

(PIÈCES A DIRE)

Par Maurice MOREL

Agrégé de l'Université

LIBRAIRIE LAROUSSE — PARIS

13-17, RUE MONTPARNASSE. — SUCCURSALE, 58, RUE DES ÉCOLES

Aux garçonnets qui sont d'âge à lire Peau d'Ane ou le Chat botté, *sur les genoux de leur maman;*

Aux écoliers qui, sac au dos, s'en vont d'un pied brave à l'école pour y réciter la Cigale et la Fourmi;

Aux fillettes qui, sans avoir dit à leur poupée un adieu définitif, recopient déjà des poésies préférées sur un cahier intime, noué de faveurs roses;

A tous ceux qui seront assez petits pour m'entendre et assez aimables pour me lire,

Je dédie ces vers faits pour eux.

Maurice MOREL.

I

Poésies familières

5

Le Dodo.

CHAQUE soir, je me couche.
Maman dit : « Fais dodo ! »
Et me met sur la bouche
Un baiser pour cadeau.

Le dodo, c'est nuit noire !
Dans les draps jusqu'au cou.
On n'a plus de mémoire,
Le dodo, c'est coucou.

Le matin, je m'éveille ;
Maman tire un rideau
Et me dit à l'oreille :
« As-tu bien fait dodo ? »

Midi.

MIDI ! la table nous invite.
L'un près de l'autre, en bons amis,
Assiettes et verres sont mis.
    A table, vite !

Père, ferme ton encrier !
Et toi, sœur, ferme ton cartable !
Ne m'entendez-vous pas crier :
    A table, à table !

Bébé dans sa chaise s'irrite
Et montre, à l'odeur du rôti,
Petit bec et gros appétit :
    A table, vite !

Mais le rôti sera brûlé
Et maman d'humeur exécrable,
Si mon appel renouvelé
Vous laisse sourds : allons, que diable !
    A table, à table !

Le Bébé.

HEUREUX le bébé qu'on dorlote !
Pour dormir comme une marmotte
Dans son petit berceau joyeux,
Pour dormir au chaud sous la laine,
Monsieur n'a qu'à prendre la peine
    De fermer les yeux.

Au dehors, dans son véhicule,
Heureux le bébé qui circule !
Pour jouir de l'azur des cieux
Tandis qu'en paix on le promène,
Monsieur n'a qu'à prendre la peine
    De rouvrir les yeux.

Heureux le bébé que l'on porte !
Il recueille de porte en porte
Baisers, rire et salamalec !
Et monsieur, pour être bien sage,
N'a, tant que dure le voyage,
    Qu'à fermer le bec.

Heureux le bébé quand il dîne !
Son dîner, sans grande cuisine,
Est prêt d'ordinaire en cinq sec ;
Et monsieur, pour être bien sage,
N'a, lorsqu'arrive le potage,
    Qu'à rouvrir le bec.

Et quand, repu, le cœur à l'aise,
Monsieur, que notre bras soupèse,
Retourne à son berceau joyeux,
Pour dormir au chaud sous la laine,
Il n'a qu'à reprendre la peine
De fermer les yeux.

Petite Mère.

SEPT ans ! je n'ai pas davantage :
C'est peu, pour faire une maman.
Et pourtant, à défaut de l'âge,
J'en ai déjà le sentiment.
Du ciel, à la saison dernière,
Un petit frère m'est tombé.
« Un petit frère, bonne affaire !
Ai-je pensé. Je vais m'en faire
     Un vrai bébé. »

Souvent, sur sa petite couche,
C'est moi qui viens le déposer.
C'est moi, sur sa petite bouche,
Qui souvent mets un gros baiser.
Dodo ! Dodo ! sans qu'il le sente,
Je le berce d'une main lente,
Et je sais, au coin du rideau,
Guetter, d'une œillade prudente,
     S'il fait dodo.

Quand mon petit bébé s'éveille,
Un cri jeté m'en avertit,
Et ce cri me chante à l'oreille :
« Entends-tu ? j'ai bon appétit. »
— J'entends. Le gaillard s'époumone...
Maman n'est pas là : mais c'est bon !
Je n'aurai besoin de personne
Pour savoir comment on te donne,
     O biberon !

La promenade en voiturette
Est mon triomphe et mon orgueil :
Je pousse — et maman qui me guette
Trouve que j'ai bon pied, bon œil.
Pour conduire d'une main sûre,
Pour prévoir trottoir ou voiture,
Et pour éviter les à-coup,
J'ai le savoir-faire et l'allure
    D'une nounou.

Bref, j'ai mis la main à la pâte,
Et j'y mets aussi tout mon cœur ;
Et mon cœur, pour plus tard, se flatte
Qu'il en tirera quelque honneur.
Oui, plus tard, vois-tu, petit frère,
Toi qui deviendras grand, je veux
Qu'en parlant un jour de ta mère
Tu puisses dire, l'âme fière :
    « Moi, j'en ai deux ! »

Au coin du feu.

J'AIME les bons grands feux d'hiver,
Qui brûlent sec et flambent clair ;

Les bons feux grondants de décembre
Qui font des ronrons dans la chambre.

Quand on rentre, l'onglée aux doigts,
Ah ! vivent ces bons feux de bois !

J'approche : la flamme qui joue
S'amuse à me lécher la joue.

Mon chien est là, le poil roussi,
Qui reste à se chauffer aussi.

J'aime à voir de ce feu qui bouge
Courir la longue langue rouge.

Puis, je me mets à travailler :
Lui, continue à pétiller.

Dehors, j'entends la bise dure
Siffler au trou de ma serrure,

Et mon cœur égoïste rit
De se sentir bien à l'abri,

Grâce au feu grondant de décembre
Qui fait ses ronrons dans la chambre.

Fanfaron.

VOICI le grand casseur d'assiettes :
C'est Fanfaron, tenons-nous bien !
Il va tous nous réduire en miettes,
Car il est d'une humeur de chien.

Il roule des poings formidables,
La menace lui sort des yeux.
Gare à nous, de par tous les diables !
Fanfaron a l'air furieux.

Tel Fanfaron vient et s'approche ;
Mais, quand on le laisse approcher,
Il remet ses poings dans sa poche,
Et pourquoi ? c'est pour se moucher.

De même, sa science est grande :
Il en sait plus que vous et moi !
Hormis sur ce qu'on lui demande,
Il répond sur le bout du doigt.

Il sait nager tout comme un homme,
Mais seulement dans trois pieds d'eau ;
Il a vu l'Italie et Rome,
Mais c'est sur l'atlas, au tableau.

Il soutiendrait bien, lui, l'Hercule,
Ces vingt kilos à bras tendu.
— Voyons ! — Mais Fanfaron recule,
Car son docteur l'a défendu....

Fanfaron, tu me fais sourire :
Mais veux-tu mieux être écouté ?
Mets-toi donc, avant de rien dire,
D'accord avec la vérité.

L'Égoïste.

———

HOU, hou ! qu'il est laid, l'égoïste !
On voudrait le montrer au doigt.
Et sa devise, est-elle triste !
Tout pour moi, bisque ! et rien pour toi.

Le vois-tu, là-bas, solitaire,
Dans un coin rouler son gros dos ?
Tu cherches ce qu'il y va faire :
Eh parbleu ! manger des gâteaux !

Il a des billes dans sa poche,
Et les compte, le vieux grigou ;
En veux-tu, toi là-bas ? Approche !
Il les donne — à tant pour un sou.

Tu lui dis : prête-moi ta plume,
Il la prête comme un trésor.
Mais gare ! Tu vas, je présume,
L'user en appuyant trop fort.

En tout lieu, l'égoïste veille.
Il a le flair d'un vieux renard :
Dès qu'on parle, il dresse l'oreille :
Ça pourra lui servir plus tard.

Il se méfie, il questionne,
Et jamais il n'a rien promis.
Il n'est l'ennemi de personne,
Et pourtant il n'a pas d'amis.

Ah ! décidément il m'attriste :
Ame à vendre, cœur froid et vil,
De dos, de face et de profil,
Hou ! hou ! qu'il est laid, l'égoïste !

Monsieur Douillet.

MONSIEUR Douillet a bonne mine,
Le teint frais, d'un rose naissant :
On mettrait sa chair en tartine
Tant elle a l'air appétissant.

Il est gras comme un coq en pâte ;
Dans ses habits, tout est rempli.
Mais ce garçonnet que l'on gâte
N'est bien qu'à table ou dans son lit.

L'hiver, quand le froid nous assiège,
Tout fourneau devient son voisin ;
Il attend, pour toucher la neige,
Des gants fourrés du magasin.

En été, Monsieur s'exténue,
Et dès qu'il se met au travail,
Il a trop chaud, il souffle et sue :
Passez-lui donc un éventail !

Se promener même lui coûte :
C'est qu'ils sont si longs, nos chemins !
Il va, laissant sur la grand'route
Traîner ses pieds, pendre ses mains !

La montée est dure ! il faut tendre
Le jarret comme un entêté ;
Il n'aime pas non plus descendre,
Ça donne des points de côté.

Pour une épine qui le blesse,
Le voilà les yeux à l'envers.
Vite des sels ! une compresse !
Monsieur se pâme ! il a ses nerfs !

Un rien lui fait des peurs extrêmes :
Peur des chutes, peur d'un faux pas,
Peur des coups, peur des gestes mêmes.
C'est du verre, n'y touchez pas !

Douillet, puisqu'ainsi je te nomme,
C'est en vain qu'un jour, mon garçon,
Tu porteras barbe au menton :
Tu ne seras jamais un homme !

Touche-à-tout.

QU'IL s'éloigne ou qu'il se rapproche,
Touche-à-tout, s'il est de loisir,
N'a jamais les mains dans sa poche :
Les mains, c'est fait pour s'en servir.

Il va, vient, observe et furette,
Œil de souris, nez de renard.
Pour lui, pas de place secrète
Dans les buffets ou le placard.

Qui donc, hier, en pleine compote
Laissa ses doigts représentés ?
Touche-à-tout, le nez bas, marmotte
Que les chats sont bien effrontés.

De la poudre à cacher les rides
On s'est servi... qui ? Devinez !
Touche-à-tout montre ses mains vides,
Mais la poudre est au bout du nez.

Ce matin, un vase de Chine
Au salon tombe à grand fracas :
Touche-à-tout file à la cuisine.
Pourquoi ? — Ne le demandez pas.

Touche-à-tout, je te le déclare,
Tu paieras cher tous ces exploits.
Quand on met ses doigts partout, gare !
Un beau jour, on s'en mord les doigts.

La Bavarde.

COMME un fin robinet d'eau claire,
La bavarde va bavardant :
De quoi ? ce n'est pas là l'affaire,
Bavarder, voilà l'important.

Taratati, taratata,
Et patati, patati, patata !

Elle a toujours monts et merveilles
A vous débiter en chemin :
Quelle est donc la paire d'oreilles
Qui va lui tomber sous la main ?

Cherchons par ci, cherchons par là,
Et patati, patati, patata !

Sur le trottoir ou sous la porte
Elle en cueille une en un instant :
C'est fille ou c'est garçon, n'importe,
Bavarder, voilà l'important !

Taratati, taratata,
Et patati, patati, patata !

Aussitôt, ma jeune linotte
De babiller, encor, encor ;
Tout en babillant, le pied trotte :
Langue et pied vont fort bien d'accord ;

Et c'est ceci, puis c'est cela,
Et patati, patati, patata !

Et les « on dit » et les « ma chère »
Se pressent en se débitant ;
Ce que l'on dit ne compte guère,
Bavarder, voilà l'important.

Taratati, taratata,
Et patati, patati, patata !

La classe, hélas ! force à se taire !
Mais à peine en tient-on la fin,
Que notre langue de portière
Recommence à trotter bon train.

Et en veux-tu, et en voilà,
Et patati, patati, patata !

Enfin, voici la nuit venue,
Et la bavarde au lit s'endort ;
Mais tous ceux qui l'ont entendue
Se figurent l'entendre encor....

Taratati, taratata,
Et patati, patati, patata !

Travaille !

EH ! toi qui bâilles, et peut-être
Dors sur tes livres entr'ouverts,
Que vois-tu, dis, par la fenêtre ?
— Un bois, des vignes, des prés verts.

— Bien : et dans ces prés en verdure,
Ne vois-tu rien ? — Je vois le dos
Des faucheurs qui vont en mesure
Et balancent leurs bras égaux.

— Et que vois-tu, là, dans la vigne ?
— Un brave homme, qui, lentement,
Coupe, taille, et met bien en ligne
Chaque cep et chaque sarment.

— Dans le bois ? — Je ne vois personne.
— Mais qu'entends-tu ? — J'entends le son
D'une hache qui tombe et tonne
Aux mains de quelque bûcheron.

Eh bien! au paresseux qui bâille,
Qu'enseignent, dis-moi, tous en chœur,
Vigneron, bûcheron, faucheur?
— A travailler — Bien ! Donc, travaille.

De l'énergie!

— JE suis las, et la pente est rude.
— Tant pis ! monte ; monte, il le faut.
Tu te plaindras de l'altitude
En la mesurant de là-haut.

— Je bâille : ce travail m'assomme ;
Rien qu'à voir, il est ennuyeux.
— Vraiment ! eh bien, mon petit homme,
On le fait en fermant les yeux.

Et toi, qu'as-tu donc ? tu tressautes.
— Oui, le danger est là : j'ai peur.
— Donne-toi du poing dans les côtes,
L'ami, pour te donner du cœur.

— J'ai mal, je saigne, je soupire.
— Tais-toi. Le silence est sacré.
Avaler son mal sans rien dire,
C'est l'avoir déjà digéré.

De l'énergie, encore, encore :
Que ton cœur, ô forgeron fier,
Soit l'enclume large et sonore
Où ta volonté bat le fer.

Le Drapeau.

PARMI nos fêtes fraternelles,
Au front grave des monuments,
Sur les murs de nos citadelles
Et sur nos bons remparts dormants,
Veillant sur nous comme un pilote
Qu'à la barre on sent appuyé,
Ample et puissamment déployé,
    Le drapeau flotte.

Mais lorsque le clairon des guerres
Du cœur même de nos pavés
Fait surgir et roule aux frontières
Le flot des hommes soulevés,
Ivre, alors, et buvant l'espace,
A la tête des bataillons
Qu'il entraîne à pleins tourbillons,
    Le drapeau passe.

Dans la lutte aux âpres étreintes
L'honneur est au porte-drapeau ;
Car on a, dans ses deux mains saintes,
Mis l'étendard comme un dépôt.
Mais gare la balle ou la bombe !
Avec lui, frappé tout à coup,
Le drapeau, qu'on voyait debout,
    S'incline et tombe.

En voyant tomber cet emblème
Qui n'aurait pas dû défaillir,
Chaque soldat sent en lui-même
Son âme aussi prête à faiblir.
Non ! soldat ! garde une âme forte !
Relevé — et par qui ? — n'importe !
Que voit-on flotter de nouveau
Et courir où le vent l'emporte ?
    C'est le drapeau.

La Patrie en danger.

TOI qui jettes ta faux dans l'herbe,
Faucheur, où cours-tu ? — M'engager.
Tant pis pour mon pré, pour ma gerbe,
Quand ma patrie est en danger.

Pourquoi laisser là ton enclume,
Forgeron ? — J'y suis obligé :
La guerre aux frontières s'allume,
Et ma patrie est en danger.

Et toi-même, maître d'école,
De ces enfants tu prends congé ?
— Oui, le fer seul a la parole
Quand ma patrie est en danger.

*
* *

Et vous, ô cloches de la plaine,
Sonnez pour le grand branle-bas ;
A la volée, à perdre haleine,
Sonnez le tocsin des combats ;

Caissons, voitures militaires,
Avant-trains en hâte attelés,
Et wagons qui vers nos frontières
Charriez des hommes, roulez !...

Vous aussi, clairons, vous, trompettes,
Sonnez ! et vous, roulez, tambours !
Imposez le silence aux fêtes
Dans la ville et dans les faubourgs !

Routes du territoire, place,
Place à qui s'en va, jeune ou vieux !
Sentier, découvre-leur ta trace !
Mont, aplanis-toi devant eux !

Que des quatre coins des campagnes
S'envole un vaste et sombre appel,
Et que les rochers des montagnes
En jettent l'écho jusqu'au ciel !

Que cet appel, sur chaque tête,
Passe comme un vent des hauteurs
Pour se déchaîner en tempête
Sur l'océan troublé des cœurs !

Et laissant à l'arbre du rêve
Se flétrir les fruits du verger,
Que toute la France se lève
Quand la patrie est en danger !

II

Poésies pittoresques

Biquette.

———

CONNAISSEZ-VOUS ma Biquette ?
Pas une chèvre au hameau
N'a plus fière barbichette
Sous un plus hardi museau.
Elle va, fine et coquette
De la corne et du sabot,
Et fait d'un air de conquête
Sonner son petit grelot.

Biquette est aventurière :
Dans les rochers, sous les bois,
Elle est toujours la première
A se risquer sans effrois.
Sur la pointe d'une pierre,
Au bord des gouffres, parfois,
C'est pour elle un jeu de faire
Tenir ses quatre pieds droits.

Sa corne, brusque et hautaine,
A déjà souvent lutté.
Nul danger qu'un loup revienne
Après en avoir tâté.
Mais quand sa mamelle est pleine,
On la trait en liberté :
L'agneau qui donne sa laine
A moins de docilité.

Si, pour avoir ma chevrette,
Le roi m'offrait en cadeau
Son beau carrosse de fête
Et son cheval le plus beau,
Je lui répondrais : « Mazette !
Vous m'offrez là le gros lot !
Mais j'aime encor mieux Biquette
Et le son de son grelot ! »

Le Bœuf.

BŒUF au pas lent, bœuf au pas lourd,
Je t'aime, bon bœuf de labour.

Sitôt que le maître a dit : « Hue ! »
J'aime à voir glisser ta charrue,

Le souffle épais de tes naseaux
Est doux pour les petits oiseaux.

Le soc plonge : eux vont, par derrière,
Sautillant dans les vers de terre.

Toi, pareil aux sages très vieux,
Tu fermes à demi les yeux,

Et tu foules la terre grasse :
On suit, comme au cordeau, ta trace.

Tu vas, ouvrant les bons sillons,
Au cri paisible des grillons.

Tout au bout du champ gît la borne
Que tu sens au bout de ta corne.

Tu vas, calme, puissant et fort ;
On dirait que ton cerveau dort.

Mais non ! tu sais que, sans relâche,
Il faut méditer sur sa tâche

Et n'avoir pas l'esprit troublé
Pour préparer l'œuvre du blé.

o o

Le Cheval du roulier.

« OHÉ, oh ! dia huo, dia hue ! »
La rampe est dure et sans arrêts :
Tendant l'épaule et les jarrets,
Le vieux cheval qui s'exténue
    Souffle et sue.

« Ohé, oh ! dia huo, dia hue !
Dia huo !... » c'est le cri du jour ;
Et le fouet claque avec amour.
Mais le cheval, bête fourbue,
    Reste sourd.

C'est un vieux cheval de roulier :
Dix ans de labeur journalier
Ont usé ses sabots de corne :
Il va, victime d'un métier
    Dur et morne.

Dans les prés, dans les champs de blé,
Les fleurs dansent et sont en fête ;
Mais sans rien voir, courbant la tête,
Le vieux cheval va, l'œil troublé,
    Aveuglé.

Sacs de charbon, ou blocs de pierre,
Il tire — ici, c'est une orniére ;
Il tire — et là, c'est un talus.
Ah ! rendez donc à ce perclus
    Sa litière !

Sa litière ! à lui ! allons donc !
Blocs de pierre et sacs de charbon,
Il tirera le long des côtes,
Tant qu'il aura, valide, aux côtes,
 Un tendon.

Et le vieux cheval que l'on tue
Va toujours, sur la rampe ardue,
Tandis que le joyeux roulier
Fouette, et lui crie, à plein gosier.
« Ohé, oh ! dia huo ! dia hue ! »

Cocotte.

EFFLANQUÉE, et maigre d'échine,
Ses deux flancs menaçant ruine,
Cocotte va, d'un pas boiteux,
Sur les vieux pavés raboteux.

Le cocher est au haut du fiacre,
Qui de temps en temps jure et sacre ;
Mais Cocotte qui n'entend pas
Trotte toujours du même pas.

De tout temps, sous les giboulées,
Par le vent et par les gelées,
Sous les coups, hiver comme été,
C'est de ce pas qu'elle a trotté.

En fiacre, à son tour, chacun passe :
L'un descend, l'autre prend sa place,
Mais par les rues et les faubourgs
Cocotte va, trottant toujours.

Bronche-t-elle, près de s'abattre :
Le cocher, jurant comme quatre,
D'un bon coup de fouet, hardi donc !
Lui fait retrouver son aplomb.

Enfin, la carcasse meurtrie,
On la ramène à l'écurie .
Ç'en est fini pour aujourd'hui :
Elle s'endort. Il est minuit.

Mais le rêve entre dans sa tête,
Et se croyant, la pauvre bête !
Dans les harnais dont elle sort,
Cocotte en songe trotte encor.

La Poule qui n'a qu'un poussin.

FIÈRE autant qu'une abeille reine
Dont l'escorte est tout un essaim,
La poule qui n'a qu'un poussin
Comme un régiment le promène.
Mais ce régiment qui la suit
N'a qu'un soldat pour tout potage,
Et ce soldat n'a qu'un langage :
        Cui cui, cui cui !

Du bec autant que de la patte,
La poule qui n'a qu'un poussin
Par-ci, par-là, picore et gratte
Et pense travailler pour vingt.
Vingt ! c'est bien ce qu'elle a dû pondre
Ou couver. Oui, mais aujourd'hui
Un seul à l'appel vient répondre :
        Cui cui, cui cui !

Au moindre péril affolée,
Elle se sauve à grand fracas ;
Elle crie, et croit sur ses pas
Entraîner toute une volée.
Mais, derrière elle, ce qui fuit
En proie à la même panique,
C'est son éternel fils unique :
        Cui cui, cui cui !

Et le soir venu, sous son aile,
La poule qui n'a qu'un poussin
Croit en cacher une séquelle
Et dit à tous : « Êtes-vous bien ? »
Lors, à sa maman, fils ou fille,
L'unique enfant — c'est toujours lui —
Répond, au nom de la famille.
      Cui cui, cui cui ! »

Jeannot Lapin.

PAUVRE petit lapin en cage,
Qui, l'œil rose, le ventre doux,
Grignotes là, pour tout potage,
D'éternelles feuilles de choux,

Dis-moi donc, tandis que tu broutes,
Grave, une oreille de travers,
Sur quelles amusantes routes
Trottinent tes rêves divers ?

Songes-tu, dans tes humeurs folles,
Aux trèfles en fleurs, aux sainfoins,
Où l'on peut, en trois cabrioles,
Jouer tout seul aux quatre coins ?

Aplati, humant des narines
Les parfums du vent captieux,
Rêves-tu, dans les herbes fines,
D'allonger ton nez chatouilleux ?

Ou, près des trous où l'on se cache
Quand sonne l'aboi d'un mâtin,
Crois-tu caresser ta moustache
Aux brins de luzerne ou de thym ?....

Pauvre petit lapin en **cage** !
Vainement ton museau **tenté**,
A travers les trous du **grillage**,
Renifle un peu de liberté.

Il renifle, puis il s'arrête,
Un bout de feuille sous la dent,
Ahuri de voir, pauvre bête,
Que je ris en le regardant.

Le Lièvre.

C'EST le lièvre qui sort du gîte,
Mais pour y rentrer au plus vite :
    Le lièvre a peur.
Là-bas (aurait-il la berlue ?),
Il voit comme un point qui remue :
    Est-ce un chasseur ?

Non, c'est un brin d'herbe — Le lièvre,
A qui la peur donne la fièvre,
    De nouveau sort.
L'aube, au faîte de la montagne,
Va poindre. Au loin, dans la campagne
    Personne encor.

La narine d'air pur grisée,
Le ventre au frais dans la rosée,
    Ah ! qu'on est bien !
Tout en trottant, le lièvre broute.
Soudain qu'entend-il ?... Il écoute
    Et n'entend rien.

Il n'entend rien, ne voit personne ;
Et pourtant, tout son cœur frissonne
    Comme aux abois.
Dans la brise qui passe, il flaire
Une vague odeur de bruyère
    Qui mène au bois.

Au bois il entre, ouvrant l'oreille :
Le bois est tranquille et sommeille.
    Mais tout-à-coup
Un merle voisin, joyeux sire,
Le fait, en éclatant de rire,
    Fuir comme un fou.

Il fuit, et sa peur l'accompagne ;
Il fuit jusque dans la montagne.
    « Eh ! halte-là,
Mon ami ! ces terreurs sont vaines ! »
Il fait halte, mais dans ses veines
    Tout son sang bat.

Le lièvre enfin, de fuite en fuite,
Retourne s'endormir au gîte,
    L'âme à l'envers.
Mais la peur en lui se prolonge
Et lui fait garder, même en songe,
    Les yeux ouverts.

Le Coq.

COCORICO ! Dans le village
Il fait nuit, et tout dort encor.
Mais déjà le coq, dans sa cage,
A fait retentir son cri d'or.

Cocorico ! ce cri réveille
Dix dormeurs, et plus, d'un seul coup :
Cri gaillard, qui chante à l'oreille :
« Alerte, braves gens ! debout ! »

La plume vernissée et lisse,
Franc du bec et franc du jabot,
Une queue en feu d'artifice,
Le coq est fier, le coq est beau.

Pour lui, jardins, ruelle ou plaine
Sont autant de pays conquis.
Cocorico !... Il s'y promène
Avec des airs de vieux marquis.

Vingt poules forment son escorte,
Mais c'est lui qu'on voit tout d'abord :
Chacune, qu'il entre ou qu'il sorte,
Le suit comme un tambour major.

Il guide, il surveille, il leur cause :
Graine ou grain, paille ou vermisseau,
Quand il a trouvé quelque chose,
Royal, il leur en fait cadeau.

Mais gare au rival téméraire
Qui prétendrait lui faire échec ;
Il le regarde, et c'est la guerre :
A coups d'ergots, à coups de bec,

Il tape, il s'acharne, il déchire :
Le voilà tout ensanglanté.
Mais l'autre a fui, de son empire
Le laissant maître incontesté.

Alors, l'œil ivre et fou de gloire,
Le coq se perche haut, bien haut,
Et lance son cri de victoire :
Cocorico, cocorico !

Le Paon.

—————

« LÉON ! Léon ! » Qui donc appelle
Quelqu'un qui jamais ne répond ?
Le cri retentit de plus belle :
Entendez-vous ? « Léon ! Léon ! »
On sent que celui qui le lance
S'annonce d'avance à vingt pas :
Mais chut ! chut ! ne plaisantons pas !
    Le paon s'avance.

Il vient, couronné de l'aigrette,
Insigne de sa royauté ;
Il vient, et porte haut la tête :
Salut, tous, à Sa Majesté !
A Sa Majesté faites place,
Et surtout tâchez d'ouvrir l'œil
Pour contempler, ivre d'orgueil,
    Le paon qui passe.

Loin d'ici, dindons et volaille,
Canards au coin-coin roturier !
Loin d'ici toute la canaille
Dont la place est sur le fumier !
Près du paon, il ne faut personne.
Sinon, gare les coups de bec !
D'un air hautain, mais vif et sec,
    Le paon les donne.

Puis à droite, à gauche, il parade,
Et soudain, d'un beau vol soyeux,
Se perche sur la balustrade
Pour mieux s'exposer à nos yeux.
Sur sa queue aux plumes fleuries,
Rubis, saphirs, et sur ses flancs,
Ce sont des jardins ruisselants
    De pierreries.

Puis, redescendant sur la terre,
Il parade, il parade encor
Et se promène, solitaire,
Avec le perron pour décor.
Soudain, le voilà qui s'ébroue :
Beau comme un oiseau de vitrail,
Tout son plumage en éventail,
    Il fait la roue.

Sous les yeux de la galerie
De la parade, encore un peu ;
Profitez-en bien, je vous prie :
Sa Majesté vous dit adieu.
Adieu ! que nul ne le rejoigne !
Satisfait d'avoir été vu,
Et seul, ainsi qu'il est venu,
    Le paon s'éloigne.

Médor.

MÉDOR, c'est le chien de papa,
Et c'est un bon chien que j'ai là !

Il a le poil blanc, l'air honnête,
Longues oreilles, fine tête,

Un museau rieur et joyeux
Et de la bonté plein les yeux.

Je l'aime, quand sur son derrière
Il est assis comme un notaire.

Si j'ai ma tartine à la main,
Il la regarde et ne dit rien.

Il sait, parbleu ! mieux que personne
Que, quand on est poli, j'en donne.

Aussitôt que je l'ai servi,
De sa queue il me dit merci.

Il sait, lorsque ma main le flatte,
Me tendre gentiment la patte.

Sur son dos je fais, crânement,
Tout le tour de l'appartement.

On est copain, et quand on joue
Il me lèche parfois la joue.

Dehors, il est toujours devant,
L'oreille en l'air, la queue au vent.

Il va, vient, il circule et file,
Bouscule les sergents de ville,

Et dans ses tours et ses détours
Il sait se retrouver, toujours.

Il entend, quand on le rappelle,
(Écoute ça, Jean de Nivelle !)

Et du coin de l'œil, à papa,
Il revient dire : Me voilà !

Ah ! vraiment quel bon chien j'ai là !

Le Chat.

EMMITOUFLÉ dans sa pelisse,
Moustache en croc, comme un major,
J'aime à voir, dans le corridor,
    Le chat qui glisse.

Il a des yeux vert d'émeraude,
Souple l'échine et bas le dos,
Le regard coupant, mince et faux,
    Le chat qui rôde.

Ferme tes buffets, ménagère :
Aujourd'hui, ton fricot sent bon.
Gare au rôti ! gare au jambon !
    Le chat les flaire.

Gare aux souris dans leur cachette !
Préméditant un mauvais coup,
Près de la fente ou près du trou,
    Le chat les guette ;

Et lorsque la souris menue
Allonge un museau peu prudent,
En avant, la griffe et la dent !
    Le chat la tue !

La Souris.

DANS les greniers, dans les mansardes,
Sous les chiffons, les vieux débris,
Qui vit, peureuse et sur ses gardes ?
    — C'est la souris.

Été comme hiver, vive, accorte,
Sous son justaucorps de drap gris,
Qui voit-on glisser sous la porte ?
    — C'est la souris.

Sur le museau, pour tout panache,
Comme un muscadin de Paris,
Qui porte trois poils de moustache ?
    — C'est la souris.

Par-ci, par-là, qui donc grignote
Un brin de paille, un grain de riz ?
Qui va, qui vient ? qui fuit, qui trotte ?
    — C'est la souris.

Et la nuit, qui va sans tapage
Ronger dans leurs secrets abris
Les gâteaux secs ou le fromage ?
    — C'est la souris.

Mais, tandis que le festin dure,
Qui donc, par le matou surpris,
Lui sert à son tour de pâture ?
    — C'est la souris.

Le Cygne.

SUR le bassin vert d'émeraude
J'aime à voir le cygne qui rôde.

Le voici, le bec en avant :
Il passe, tout gonflé de vent.

Tantôt, sur l'eau, son col s'allonge,
Et voilà le bec noir qui plonge ;

Tantôt, s'inclinant à babord,
Du bassin il rase le bord ;

Tantôt, vers quelque point de mire,
Il cingle droit comme un navire ;

Puis, d'un air à demi dormant,
Il fait demi-tour lentement.

Sa blancheur au soleil miroite.
Il porte un fin manteau d'ouate,

Et sur lui ce manteau jeté
Lui donne un air de majesté.

Du bord, il voit que je m'approche :
Il flaire du pain dans ma poche.

Oui, Monsieur le Cygne, j'en ai :
Sur l'eau, je l'émiette à son nez.

A droite, à gauche, où je l'émiette,
Son bec tape et fait place nette.

Canards, qui barbotez là-bas,
Regardez, mais n'approchez pas !

Le cygne, sans sermons ni livre,
Vous apprendrait bien vite à vivre.

Mais le goûter touche à sa fin :
Je m'en vais le long du bassin.

Or en m'en allant, je l'attire ;
Il me suit, et plus d'un m'admire,

Tandis que je passe, escorté
Par ce beau navire aimanté.

Les Papillons.

EN mai, sur les jeunes prairies,
Par millions, par millions,
Le printemps, de ses mains fleuries,
Éparpille les papillons.

Dans les taillis, dans les futaies,
Sur les jardins de pourpre et d'or,
Près des sources, le long des haies,
Des papillons, encor, encor !

Vois-les : par douces avalanches,
Dont les flocons sont des couleurs,
Ils nagent là-haut dans les branches,
Ils pleuvent là-bas dans les fleurs.

Dans l'air, s'ils voguent en flottilles,
Notre œil s'embrouille en les suivant,
Ou, s'ils dansent, c'est par quadrilles
Qu'emporte un brusque coup de vent.

D'une âme jolie et légère,
Ces fous, qui ne vivront qu'un jour,
Vivent en effleurant la terre
Qui pour eux n'a pas de séjour.

Ici, là, leur aile se pose :
Ils vont, recueillant en chemin
Là, le sourire de la rose,
Ici le parfum du jasmin ;

Et la nuit, au fond des calices
Où le hasard les a semés,
Ces voyageurs, avec délices,
Dorment dans des lits embaumés.

C'est là qu'au premier froid d'automne
Ils périront tous, un beau soir,
Étourdis ! qui, Dieu me pardonne !
Mourront sans s'en apercevoir.

L'Alouette.

LE soleil, sur la plaine immense,
Épanche ses premiers rayons.
Le laboureur, dans les sillons,
Règle son travail qui commence.
Soudain, dans l'air, vif et gaillard,
    Un cri part :
Tireliré, tirelirette !
C'est la chanson de l'alouette.

Comme le caillou d'une fronde,
L'alouette part dans les cieux :
Déjà, je ne puis plus, des yeux,
Suivre son aile vagabonde.
Mais j'entends pétiller encor
    Son cri d'or :
Tireliré, tirelirette !
C'est la chanson de l'alouette.

Cri qui monte et part en fusée,
Cri chaud, tournoyant et vermeil ;
Buveuse folle de soleil,
Elle en a la gorge grisée,
Mais va toujours s'égosillant
    Et criant :
Tireliré, tirelirette !
C'est la chanson de l'alouette.

Et si l'homme qui peine et sue,
Si son gas qui l'aide au labeur,
Si son bœuf même a plus de cœur
Au dur travail de la charrue,
C'est que tu retentis en eux,
   Cri des cieux :
Tireliré, tirelirette !
C'est la chanson de l'alouette !

Toi qui dors sur ton écritoire,
Toi qui n'as rien fait aujourd'hui,
Et toi qui vas, bâillant d'ennui
A te décrocher la mâchoire,
Comprenez comme une leçon
   La chanson,
Tireliré, tirelirette,
La chanson de mon alouette !

Aux hirondelles.

BONJOUR, petites hirondelles !
Vous revenez brouiller nos cieux,
Et tailler l'air à grands coups d'ailes
    Capricieux.

Comme par un coup de surprise,
Vous voilà toutes de retour
Sur le vieux clocher de l'église :
    Bonjour, bonjour !

Sur nos têtes, à tire d'ailes
Votre vol, par l'hiver banni,
Revient pour des fêtes nouvelles
    A l'ancien nid.

Comme des petites bavardes
Qui crient ensemble au rendez-vous,
A nos toits et sous nos mansardes
    Qu'annoncez-vous ?

Tous vos cris me troublent l'oreille,
Mais c'est mon cœur qui vous entend ;
Mon cœur avec vous se réveille
    Et dit : Printemps !

Le Grillon.

C'EST le grillon qui, sous la terre,
Soir et matin, à sa manière,
Fait son petit charivari.
On lui dit : « Veux-tu bien te taire ! »
Il vous répond : « Cri cri ! cri cri ! »

Les prairies, encore en verdure,
Les blés d'or et l'avoine mûre
Sont au soleil, qui les nourrit :
Le grillon caché n'en a cure
Et reprend son : « Cri cri! cri cri ! »

Les papillons, l'aile proprette,
Font dans les airs leur promenette.
Le grillon demeure à l'abri,
Et, monotone, il vous répète :
« Où je suis, je reste : Cri cri ! »

Parfois pourtant, l'un d'eux, peu sage,
S'avise de faire un voyage :
Il quitte son trou favori,
Et d'un gosier plein de courage,
Il va chantant : « Cri cri! cri cri ! »

Mais une main d'enfant adroite
Vous le prend, vous le met en boîte ;
Et tandis que son bourreau rit,
La pauvre bête reste coite :
« Fini, grillon ! fini, cri cri ! »

La Sauterelle.

———

LA verte sauterelle,
De toute antiquité,
Dans la saison nouvelle
Sur la terre a sauté.
C'est une rage étrange,
Qui, dirait-on, démange
Son ventre et ses flancs verts ;
Ou, logé sous sa patte,
Un démon qui la gratte
Et lui pince les nerfs.

Justement, ç'en est une !
Elle est dans mon verger :
Sa crécelle importune
Va me faire enrager.
J'entends bien la crécelle ;
Mais elle, où donc est-elle ?
Je la cherche — et soudain,
A travers l'herbe haute
La sauterelle saute :
Elle était sous ma main.

Elle est dans la salade
A présent : je la vois !
Mais nouvelle gambade !
La voilà dans les pois :
Courons à sa poursuite :
Deux pas, un saut, et vite
Un geste !... elle est à nous.
Mais baste ! la pécore
Saute et m'échappe encore :
La voilà dans les choux !

A la fin, je la happe !
Victoire, cette fois !
Nul danger qu'elle échappe,
Je la tiens dans mes doigts.
Nouvelle cabriole,
Par laquelle la folle
Me donne un démenti :
Dans les doigts je constate
Que je garde une patte,
Mais le reste est parti !

Ayez pitié du ver de terre!

ÉCOLIERS du jeudi, démons
Qui courez par vaux et par monts,
Si vous trouvez un ver de terre,

Avant de crier tous : « Allons !
Écrasons-le sous nos talons ! »
Ayez pitié du pauvre hère !

Il va tout seul, il va tout nu,
Il va tout honteux d'être vu,
Dans le sillon ou dans l'ornière ;

Il va, s'allongeant n'importe où,
Cherchant le coin, cherchant le trou
Qui lui cachera la lumière.

Pas de nid, pour lui, pas de toit !
Et si quelque oiseau l'aperçoit,
Ah ! malheur ! son affaire est claire.

Il est laid, soit ! triste, oh, combien !
Mais après tout dites-vous bien
Qu'il n'est pas né d'une vipère !

Il est comme un autre, ici-bas :
Peut-être n'y tenait-il pas,
Ce paria de la misère !

S'il vous fait mal au cœur, le mieux
C'est encor de fermer les yeux:
Il ne vous en coûtera guère.

Mais ne soyez pas des bourreaux,
Et qu'il soit petit, qu'il soit gros,
Enfants, je vous le réitère,

Ayez pitié du ver de terre !

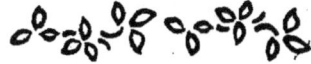

L'Auto.

L'AUTOMOBILE
En coup de vent
File, file....
En avant !

Des deux côtés de la grand'route,
Le long des terrains alignés,
Arbres, et buissons éborgnés,
Se succèdent comme en déroute,
L'air à demi déracinés.

Quand l'auto passe,
Allô, allô,
Place, place,
A l'auto !

Les bons paysans du village,
Qui ne sont pas nés à Paris,
Lèvent les bras, jettent des cris ;
Et l'auto disperse au passage
Le galop des veaux ahuris.

L'automobile
En coup de vent
File, file...
En avant !

Après le village, la plaine.
Piétons, chars, et toi, petit chien,
Rangez-vous ! On vous en prévient.
L'auto fait beugler sa sirène,
Mais l'auto ne respecte rien.

Quand l'auto passe,
Allô, allô !
Place, place
A l'auto !

Un village, une plaine encore ;
Des bois, des vallées et des monts.
Toujours l'espace !... A pleins poumons,
L'auto se lance et les dévore
D'un train d'enfer et de démons.

L'automobile,
En coup de vent
File, file,
En avant !

L'auto file, et l'on se demande
Où, quand l'auto s'arrêtera :
Qui le dira, qui le dira ?....
L'auto file, et la terre est grande.
Soudain, malheur et patatra !

Arbre où l'on butte,
Tout est cassé,
L'auto culbute,
Dans un fossé.

Le Vieux Bateau.

JADIS, sapin au vert panache,
J'habitais sur les monts boisés.
Un jour sous les coups de la hache,
Je m'abattis, les reins brisés.
Que fit-on de moi ? Je l'ignore.
Mais, sous la scie et le marteau,
Et dans un tapage sonore
    Que j'entends encore,
On me fit renaître bateau.

Bateau j'étais, non pas sur Seine,
S'il vous plaît, ni vil remorqueur,
Mais avec la mer pour domaine
Et pour maître un brave pêcheur.
Un matin, la poupe fleurie,
Je partis pour mon premier tour :
Brise douce, et voile qui plie,
    Et la mer jolie !...
Ah ! ce jour-là fut un beau jour.

Quinze ans, vingt ans, et plus peut-être,
J'ai couru, léger voltigeur,
Ici, là, partout où mon maître
Flairait le butin voyageur.
Retiré par un bras qui ploie,
Que de fois j'ai vu, hors des eaux,
Le filet, enlevant sa proie,
    Sur le pont, ô joie !
Verser le poisson par monceaux !

Et, lorsque la mer était dure,
Que de fois, toujours la bravant,
Ma hardie et souple voilure
A subi les assauts du vent !
Siffle et souffle ! fais ton tapage !
Fais rouler la vague en galops :
Moi, riant au nez de l'orage,
    Quand il faisait rage,
Je dansais au milieu des flots.

Vive le péril qu'on affronte !
On en sort, content comme un roi.
Toujours, au port, en fin de compte,
Nous rentrions, mon maître et moi ;
Et, quand il avait repris terre,
J'entendais des enfants joyeux,
Là-bas, au seuil d'une chaumière,
    Crier : « Bonjour, père ! »
Et rire, les larmes aux yeux.

Aujourd'hui, c'est les Invalides.
Je suis vieux : on me laisse au port.
Adieu, mer ! adieu, jours limpides !
Adieu, rire et chansons du bord !...
Du moins, si mon maître se lasse,
Un jour, de rouler sur les eaux,
Puisse-t-il, avec ma carcasse,
    Me faire la grâce
De chauffer longtemps ses vieux os !

Le Vent.

TOURNOYEZ, chapeaux, dans l'espace !
Jupons, claquez au vent qui passe !
Et vous, arbres, tenez-vous bien !
Sur la colline et sur la plaine
Voici que le vent se déchaîne :
Pourquoi ?.... Lui-même n'en sait rien.

Loup garou,
Casse-cou,
Où va le vent ?.... n'importe.
Loup garou,
Casse-cou,
Le vent va n'importe où.

Sur les forêts, par avalanches,
Il se déverse dans les branches
Avec un fracas redoublé :
Fracas ridicule, insolite,
Tout juste bon à mettre en fuite
Quelque pauvre lièvre affolé.

Loup garou....

Puis il s'époumonne avec rage
Sur quelque falaise sauvage,
Où les vieux rochers étonnés
Se demandent de quelle bouche
Jaillit cette haleine farouche
Qui leur souffle ainsi sur le nez.

Loup garou....

Mais la mer est là, champ immense
Où va s'exercer sa démence.
Il s'y jette de tout son poids,
Et, jouant de toutes ses lyres,
Il y fait, avec les navires,
Des bals de coquilles de noix.

Loup garou....

Enfin, quand sur mer et sur terre
Il a fait le tour de la sphère,
Vous croyez qu'il va se lasser.
Point du tout. Comme un maniaque
Qui sans nul repos se détraque,
Il s'amuse à recommencer.

Loup garou....

Il neige !

VOICI la neige de décembre !
Bonjour, neige, et bonjour, hiver !
Courons aux vitres de ma chambre :
Arbres, toits, tout en est couvert.

On croirait, sans vent ni secousse,
Voir tomber des fleurs de printemps :
Ça vous fait la paupière douce,
De la regarder un instant.

Cette neige au dehors m'attire :
Sortons !... Oh ! ces flocons joyeux,
Et qui vous éborgnent pour rire
Quand ils vous tombent dans les yeux !

C'est du blanc partout qui se sème :
Chapeaux, voilettes, cache-nez,
Vous voilà blancs ! et blanc toi-même
O petit chien noir étonné !

Et vous, les messieurs à moustache !
Cachez-la bien dans le foulard :
En vain elle plonge et se cache,
Elle en attrape aussi sa part.

Gare à la prochaine bataille !
Dans la cour d'école, on va voir
Tout à l'heure, en blanche mitraille,
Les boules de neige pleuvoir.

Tant mieux ! Plutôt ça que la chambre !
Je taperai dur comme fer.
Vive la neige de Décembre,
Et vive le bonhomme Hiver !

Le Pêcheur à la ligne.

PÊCHER, j'adore ça ; la chasse,
C'est trop d'entrain, de tra la la.
La pêche, c'est ça qui délasse :
Parlez-moi de ce plaisir-là !

D'abord, ni chiens, ni camarade !
On est toujours seul : c'est plus gai.
Je pars d'un pas de promenade,
Je m'arrête où cela me plaît.

La rivière au soleil miroite ;
Je m'installe sans lambiner.
Les asticots sont à ma droite,
A ma gauche, un bon déjeuner.

Tout en amorçant, mon œil guigne
Le poisson. Je prends bien mon temps.
Et puis vlan ! je jette ma ligne :
La pêche commence, j'attends.

J'attends une heure, ou davantage,
Raide, immobile, solennel ;
Mon bouchon est là qui surnage,
Je me dis : c'est l'essentiel.

Enfin, ça mord ! l'angoisse est forte ;
Je tire…. désillusion !
Ce n'était qu'une herbe. N'importe,
Ça m'a fait une émotion.

A midi, repos ! Ouf, je mange.
Manger, ça vous détend l'esprit ;
Puis, comme rien ne me dérange,
Je reprends mon sport favori.

Dès lors, l'attente recommence,
Et, tandis que je vois sur l'eau
Mon bouchon qui s'amuse et danse,
Le soleil me rôtit la peau.

Insensiblement, le temps passe :
Le soleil s'en va, le soir vient,
Et me trouve à la même place,
Preuve que je m'y trouvais bien.

Du poisson, dame, on n'en prend guère !
Quelque goujon, par-ci, par-là ;
Mais tout le jour dans la rivière
On en a vu : c'est toujours ça !

Le Rouet.

————

ROUET de nos bonnes grands'mères,
O bon vieux rouet d'autrefois,
Jamais plus, au cœur des chaumières,
N'entendra-t-on le ronron de ta voix ?

Du matin au soir, à main pleine,
(Tournez, rouets ! tournez, fuseaux !)
C'est sur toi que pour les berceaux
On filait de si douce laine,
Et tu te donnais pour amis
Les petits poupons endormis.

Quand il fallait, sur la mer grande,
Partir vers de rudes climats,
C'est par ton travail que les gas
Avaient tricot et houppelande,
Et que, les ayant vus partir,
On les voyait tous revenir.

Aux vieillards cloués dans leurs chambres
C'est encor toi, pendant l'hiver,
Qui donnais, mieux qu'un bon feu clair,
Chaud au cœur et chaud dans les membres :
Tournez, rouets ! tournez, fuseaux !
Tu leur assurais de vieux os.

Aujourd'hui, plus de main qui file !
Plus de laine au fond du panier !
Le rouet, qu'on loge au grenier,
N'est plus qu'un vieux meuble inutile,
Un meuble boiteux et perclus
Dont les destins sont révolus.

Adieu, rouet de nos grands'mères,
O bon vieux rouet d'autrefois,
Jamais plus, au cœur des chaumières,
On n'entendra le ronron de ta voix !

Le Semeur.

SOLEIL dur, et dure journée !
Le bon semeur s'en va semant,
Le front haut, comme au régiment,
La face de sueur baignée.

Il va. Le sillon, c'est sa route.
Sur son pas, il règle sa main :
La main part et jette le grain ;
Le pas, rapide, au pas s'ajoute.

Devant lui, l'alouette folle
S'enlève d'un trait dans les cieux :
Le semeur, sans broncher des yeux,
Marche, et, de sa main, le grain vole.

Pour la gerbe de blé future
Qui doit naître des moissons d'or,
Il sème, il marche, il sème encor.
Le pas est compté, la main sûre.

Enfin, s'essuyant le visage,
Il fait halte : les yeux collés
Sur les sillons qu'il a foulés,
Le semeur songe à son ouvrage.

Que ta main s'ouvre ou soit fermée,
Va, semeur ! ton ouvrage est bon,
Car toute graine a sa moisson,
Quand c'est le cœur qui l'a semée.

❡ ❡ ❡

III

Poésies historiques

A Vercingétorix.

VIEUX héros des luttes ardentes,
Vercingétorix, tu m'enchantes,
Gaulois à l'aspect rude et fier,
Avec tes moustaches pendantes
Et tes yeux bleus couleur de mer !

Un jour, la pique sur l'épaule,
Le Romain envahit la Gaule
En disant : « A moi ton pays ! »
— Halte-là ! répondis-tu, drôle !
A toi, oui, quand tu l'auras pris. »

Courez, Romains ! la Gaule est grande :
Tu les affamais dans la lande ;
Tu les décimais sous les bois,
Et tes bons coups de chef de bande
Faisaient chanter le coq gaulois.

Vaincus, on avait les cavernes,
Et, des Belges jusqu'aux Arvernes,
Ton nom se prononçait tout bas,
Puis on rajustait les gibernes,
Et c'étaient de nouveaux combats.

Mais un jour, par un sortilège,
Ils t'ont fait tomber dans un piège
Et t'ont cerné, sans eau, sans pain ;
Et César, qui menait le siège,
Vous laissait tous mourir de faim.

Alors, sur ton cheval de guerre,
Victime résignée et fière,
Tu vins trouver César au pas,
Et, jetant tes armes à terre,
Noble vaincu, tu te livras.

Dans une étroite prison noire
César t'a fait mourir sans gloire
Comme un méchant qu'on montre au doigt ;
Mais je proteste avec l'histoire :
Le méchant, ce n'était pas toi !

La belle Aude.

TOUS les jours, après sa prière,
Aude monte à sa tour de pierre ;
Aude attend, le coude au pilier :
    O dure guerre,
Lui rendras-tu son chevalier ?

Par le vallon, par la montagne,
Roland a suivi Charlemagne.
Les sentiers menaient aux combats,
    Et vers l'Espagne
Ils sont partis là-bas, là-bas !

Elle attend !... Heures et journées,
Et jours longs comme des années !
Les rumeurs, que son cœur battant
    A devinées,
Sont toujours vaines... Elle attend.

Enfin la plaine au loin scintille.
C'est du fer qui rampe et qui brille !
Debout ! au devant de la tour
    Ouvrez la grille !
Charles est enfin de retour.

Aude accourt ; l'espoir la talonne.
Comme quand une cloche sonne,
Dans son cœur, qu'emporte un élan,
    Un mot bourdonne
Et retentit : Roland, Roland !

« O mon empereur, ô mon père,
Me ramenez-vous de la guerre
Celui que je cherche des yeux ? »
        Vaine prière !
Charles a le front soucieux.

« C'est Roland que je veux vous dire,
Le plus preux des preux de l'empire,
Roland, que j'attends tôt ou tard ! »
        Charles soupire,
Charles détourne le regard.

La belle Aude adjure et supplie :
« Roland, dont j'ai l'âme remplie,
Roland, héros de vos combats,
        Est-il en vie ? »
Charles pleure et ne répond pas.

Aude a compris ! pour son malheur !
Dieu ! qu'une telle angoisse est forte !
Elle en perd forces et couleur
Et tombe aux pieds de l'Empereur :
Pleurez la belle Aude ! Elle est morte !

Épisode de la vie d'un paysan
au moyen âge.

———

C'EST Lucas, le pauvre hère,
Qui va, la faucille en main,
Coupant sur son coin de terre
Le blé dont il fait son pain.

Mais qu'entend-il ? une rumeur lointaine,
L'aboi des chiens, la fanfare des cors ;
C'est monseigneur qui chasse à perdre haleine,
C'est monseigneur qui malmène un dix-cors.

Lucas écoute, il hésite,
Le bruit s'est comme en allé ;
Et Lucas se remet vite
A couper son pauvre blé.

Mais voici que la rumeur, plus vivante,
Renaît, grandit.... Dans les blés, tout à coup,
Au grand galop, fouetté par l'épouvante,
Un cerf se rue en bramant comme un fou.

Et, derrière, la fanfare,
Chiens et piqueurs en émoi,
Tout dévale : gare ! gare !
Pauvre Lucas, gare à toi !

Comme un torrent poussé par la tempête,
Sautant les haies, escaladant les murs,
Chiens et piqueurs, et monseigneur en tête,
Ils foncent tous à travers les blés mûrs.

Ohé ! quand monseigneur chasse,
Vils manants, n'approchez pas ;
Et toi, quand monseigneur passe,
Allons, Lucas, chapeau bas !

Ils ont passé, laissant la place nette :
Pailles et grains, tout est mis en hachis.
Et maintenant que ta besogne est faite,
Tu peux, Lucas, retourner au logis.

    — Non ! Lucas, à cette vue,
Reste là, l'âme à l'envers :
Toute récolte est perdue :
Que fera-t-il cet hiver ?

Ce qu'il fera, hélas, le pauvre diable ?....
— Ce que l'on fait quand on n'a pas de pain.
L'autre vivra les coudes sur la table ;
Dans son logis, Lucas mourra de faim.

Jacques Bonhomme.

———

CONNAISSEZ-VOUS Jacques Bonhomme ?
C'était, au temps de nos aïeux,
Une pauvre bête de somme
Qui travaillait dur, sous les cieux.
Le seigneur, haut et noble sire,
Etait là seulement pour rire
Et de temps en temps pour lui dire :
« Eh ! Jacquot, ça va-t-il, mon vieux ? »

———

Ah ! certes non ! ça n'allait guère,
Jacquot était piteux à voir ;
Car il vivait, le pauvre hère !
D'eau claire et d'un peu de pain noir.
Devant sa table toujours prête,
Le seigneur, lui, faisait la fête,
Et, le verre en main, tenait tête
A tous les buveurs du manoir.

———

Pour Jacques Bonhomme, la vie
C'était d'être aux champs tout le jour,
Le bras ou l'échine asservie
A l'éternel joug du labour.

Le seigneur, au sortir de table,
Savait danser, faire l'aimable,
Ou bien, d'une voix délectable,
Roucouler de beaux chants d'amour.

———

Jacques Bonhomme avait l'allure
D'un bonhomme qui n'est pas beau :
Ses maigres haillons, pour doublure,
Ici, là, laissaient voir sa peau.
Mais le sire avait fière mine,
Tantôt dans sa tunique fine,
Tantôt sous son pourpoint d'hermine
Et les plumes de son chapeau.

———

Quand le seigneur partait en chasse,
Dans les blés mûris du guéret,
Au son du cor, vivante masse,
Chiens et gens dévalaient d'un trait ;
Et devant sa moisson foulée
Et sa récolte gaspillée,
On pouvait voir, l'âme accablée,
Jacques Bonhomme qui pleurait.

———

Quand le seigneur partait en guerre,
Il fallait, vite et sans crier,
Des vivres pour sa gent guerrière
Et des écus pour la payer.
Écus ou vivres, c'est tout comme !
Tant pour la bête et tant pour l'homme !
Et le pauvre Jacques Bonhomme
Vidait sa bourse et son grenier.

———

Après mainte et mainte prouesse,
Ici, l'on voyait le seigneur
Qui rentrait dans sa forteresse
Le rire aux dents, l'orgueil au cœur ;
Et là-bas, ombre désolée,
Retrouvant sa femme étranglée,
Ses fils morts, sa maison brûlée,
Jacques Bonhomme et sa douleur.

Mais un jour, jour de délivrance,
Pour mettre fin à tant d'excès,
De tout un passé de souffrance
On a fait enfin le procès.
C'est quatre-vingt-neuf que je nomme :
Tout esclave alors s'est fait homme,
Et de l'ancien Jacques Bonhomme
Tu naquis, ô peuple français !

Le prince Noir.

1356.

C'EST le roi Jean que l'on amène :
Adieu, son dernier bataillon !
Les morts, là-bas, jonchent la plaine.
Il est vaincu, le roi lion.

Vaincu ! ce mot-là le tourmente ;
Car il est vaillant chevalier.
Or le prince Noir, sous sa tente,
Attend son noble prisonnier.

Le prince Noir a l'âme grande :
Anglais, soit ! mais généreux cœur.
Il attend.... chacun se demande
Ce qu'il va faire, ce vainqueur.

Devant le roi Jean qui s'avance
Le prince Noir s'est incliné.
« Honneur, dit-il, au roi de France,
Honneur à son front couronné ! »

Sous la tente une table est prête.
Il dit encore : « Entrez, seigneur. »
Et le prince, au vaincu qu'il fête,
A montré la place d'honneur.

« Buvez et mangez, ô mon hôte !
Cet hommage vous est bien dû.
Qui s'est battu la tête haute
Peut rester fier, étant vaincu. »

Et tandis qu'agréant l'hommage
Le roi prend une coupe en main,
Le prince, comme un simple page,
S'approche et lui verse du vin.

(D'après Froissart).

Bayard.

DANS les batailles du jeune âge
Qui donc vaut le mieux à l'ouvrage ?
Qui tape d'un poing plus têtu ?
Qui jette mieux bas l'adversaire ?
Mais qui le relève de terre
Après vous l'avoir abattu ?

C'est Bayard, haut et vaillant cœur
 Sans reproche et sans peur.

Pour entrer fièrement en lice,
Qui donc n'a pas l'air d'un novice ?
La lance au poing, le casque au front,
Qui fait mieux danser sur leurs selles
En leur faisant voir cent chandelles
Tous les chevaliers du canton ?

C'est Bayard, cœur de vieille roche
 Sans peur et sans reproche.

Voilà Bayard en Italie !
Devant lui tout cède et tout plie.
Il crie à l'ennemi : holà !
Et, par le courage animée,
Pour arrêter seule une armée,
Sa bonne lance est toujours là.

Bravo, Bayard ! ô vaillant cœur
 Sans reproche et sans peur.

Mais, à mettre dans la victoire
Plus d'humanité que de gloire,
A voler partout au secours,
A rendre aux gentes demoiselles
La rançon que l'on offrait d'elles,
Son noble cœur est prêt, toujours.

O Bayard, cœur de vieille roche
    Sans peur et sans reproche !

Les reins brisés, mais l'âme forte,
Le héros est mourant. Qu'importe ?
De lauriers il a fait moisson ;
Et Bayard à Bourbon qui passe,
Honteux de le voir face à face,
Donne une suprême leçon.

Adieu, Bayard, ô vaillant cœur
    Sans reproche et sans peur.

Christophe Colomb.

CIEUX inconnus, mer inconnue :
Colomb vogue depuis des jours.
Nulle terre n'est apparue.
L'espoir dans les cœurs diminue.
Pourtant Colomb vogue toujours.

Assis à l'avant, son œil plonge
Sur cet océan qui s'allonge
Et le roule indéfiniment :
Serait-ce le calcul qui ment ?
Colomb est anxieux, et songe.

Quand surgiras-tu, rive obscure ?....
Le calcul dit : là-bas ! là-bas !
Mais le terme fuit à mesure.
Pourtant, Colomb a l'âme sûre :
Non, non, le calcul ne ment pas.

Là-bas, s'étend un nouveau monde
Que son esprit devine et sonde...
Mais l'eau, mais les vivres, à bord,
Vont manquer... Horreur ! c'est la mort.
L'équipage autour de lui gronde.

« C'est un fou ! dit l'un. A la chaîne ! »
L'autre : « A la mer ! Et demi-tour ! »
Tous : « C'est à la mort qu'on nous mène.
Demi-tour ! Vite ! Et qu'on revienne ! »
Colomb à l'avant reste sourd.

Il reste sourd et solitaire.
Mais soudain son grand front s'éclaire,
« Debout, tous ! » Là-bas, sous les cieux,
Montrant un point mystérieux,
Une vigie a crié : Terre !

Joseph Bara.

PARTOUT l'on s'équipe, l'on s'arme :
La France, en proie à l'étranger,
A jeté son grand cri d'alarme
Et la patrie est en danger.
Bara l'entend, ce cri de guerre.
Adieu, maman ! adieu, chaumière !
Il a douze ans, et ce n'est guère :
Ç'en est assez pour s'engager.

Il offrit ses bras à la France,
Et la France y mit un tambour :
Tambour trop grand, mais sa vaillance
Ne le trouva jamais trop lourd.
En avant donc ! et sous les balles
Qui pleuvaient sur lui par rafales,
Le tambour, auprès des cymbales,
Se mit à rouler comme un sourd.

Parfois arrivait au village
Une lettre du régiment.
La lettre disait : Bon courage,
Mère ! je vais très rondement.
Ça va bien quand on se dévoue.
Ci-joint la solde qu'on m'alloue,
Plus deux baisers sur chaque joue,
Car c'est coup double, avec maman. »

Ainsi parlait ce fils modèle,
Puis retournait, le cœur joyeux,
Rouler du tambour de plus belle,
La rage aux doigts, la flamme aux yeux.
Or, un jour, dans une embuscade
Il tomba : pas un camarade !
Mais, tout prêts à la fusillade,
Dix fusils, lui seul devant eux.

« Tu vas crier : A bas la France !
Petit, sinon tu vas mourir. »
Pour Bara, dans la circonstance,
Ce fut bientôt fait de choisir.
— « Vive la France ! » A pleine bouche
Le cri jaillit, noir et farouche ;
Sur son cœur le fusil fit mouche.
Il tomba, héros et martyr.

Le vieux tambour.

1789-1815.

TOUT bon tambour a son histoire :
La mienne, après plus de cent ans,
Est inscrite en lettres de gloire
Dans les plis des drapeaux flottants.
En des jours d'ivresse et de fête,
Par la lutte ou par la conquête,
Ce sont tes aïeux qui l'ont faite,
Petit Français, toi qui m'entends.

Quatre-vingt-neuf ! L'heure est venue !
Je suis né quand, dans ses beaux jours,
La liberté, sous sa main nue,
Faisait crouler donjons et tours.
Dans les prisons, dans les bastilles,
Aux chants des femmes et des filles,
Tombaient les verrous et les grilles,
Et je grondais dans les faubourgs.

Puis, un jour, on cria : « La guerre ! »
Alors, je partis sur le Rhin.
La guerre ne m'effrayait guère,
Et je partis avec entrain.
Valmy ! Fleurus ! poudre et bataille !
Mais nos soldats étaient de taille,
Et le fracas de la mitraille
N'étouffait pas ma voix d'airain.

Ran plan plan ! j'ai jusqu'en Hollande
Précédé le bon grenadier.
Toute cité, petite ou grande,
Nous ouvrait ses portes d'acier.
Le jour, on dressait la gamelle
Sur ma peau d'âne fraternelle ;
La nuit, près de la sentinelle,
Mon caisson servait d'oreiller.

Ran plan plan ! victoires ailées !
Austerlitz ! Wagram ! j'avançais !
Et le dernier mot des mêlées
Restait à nous, tambours français.
Orageux comme une rafale,
De capitale en capitale,
Quand sa marche était triomphale,
C'est l'Empereur que j'annonçais.

Sud et Nord ! pendant dix années
Entraînant le pas des héros,
J'ai, dans les cités étonnées,
Escorté l'aigle des drapeaux.
Soldats de Prusse, ou d'Angleterre,
Ou d'ailleurs, qu'importe ?... A la guerre
On ne les reconnaissait guère,
Quand ils avaient tourné le dos.

Mil huit cent douze !.... La retraite !...
Les mauvais jours, les mauvais jours !
La neige, sœur de la défaite,
Étouffait le bruit des tambours.
Au fond des steppes assourdies,
Mes deux baguettes engourdies
Tremblaient au bout des mains raidies,
Et pourtant je battais toujours.

Waterloo !.... Ah, noire journée !
A deux pas du dernier drapeau,
Ma dernière heure étant sonnée,
Un obus m'a troué la peau.
Et depuis, l'échine brisée,
On m'a relégué, ô risée !
Dans les vitrines d'un musée,
Autant dire au fond d'un tombeau.

Non, pourtant ! lorsque dans les rues
J'entends la Marseillaise encor
Au-dessus des foules accrues
Ouvrir ses larges ailes d'or,
Ah ! c'est en vain qu'on m'emprisonne :
Sous ma vieille peau qui frissonne,
Mon cœur tout bas gronde et résonne :
Non ! le vieux tambour n'est pas mort !

IV

Historiettes

L'Églantier.

CERTAIN églantier peu sage,
S'ennuyant un jour au bois,
Dit à la brise sauvage,
Dit de sa plus triste voix :
« Entre le ciel et la terre
Je languis, fleur solitaire
Que nul ici ne vient voir.
Que ne puis-je, en ville, avoir
 Jardin ou parterre ! »

Aux oreilles d'une dame
La plainte arriva soudain :
« Justement ! moi qui réclame
Des rosiers dans mon jardin ! »
Vite, à l'arbuste elle adresse
Un habile jardinier
Qui vous le prend sans payer,
Le greffe, et pour sa maîtresse
 En fait un rosier.

Au printemps, métamorphoses !
L'arbuste, ivre de plaisir,
Sentit sur son front des roses,
De belles roses fleurir.
O merveille peu commune !
Chacun y vint, et chacune,
Les admirer sans répit,
Et chacune et chacun dit :
 « J'en voudrais bien une. »

La dame, gâtant son monde,
En offrit à qui veux-tu,
Une et deux, dix à la ronde :
Voilà mon rosier tondu !
« Maudit soit le jour funeste,
Dit alors l'arbuste en pleurs,
Où je n'ai pas su, modeste,
Me dire : églantier je reste,
    Pour garder mes fleurs. »

L'Anse du panier.

C'EST Jeannette, tête légère,
Qui s'en va, trottinant — trottin,
Qui s'en va porter à grand-père
Des œufs frais pondus ce matin.
Grand-père habite en son village,
Et le village est éloigné :
« Trotte, a dit maman, sois bien sage,
Et surtout veille à ton panier ! »

Mais, dans les champs, près de la route,
Les coucous viennent de fleurir,
Et les coucous disent : « Écoute,
Jeannette, viens donc nous cueillir ! »
— A cueillir on ne risque guère,
Se dit Jeannette ; et tout à coup,
Laissant là son panier par terre,
Elle court aux fleurs de coucou.

Or, au-devant de sa fillette,
Le grand-père arrivait bon train.
Il la voit là-bas en cueillette,
Et, comme il aime à rire un brin,
Sur tous les œufs faisant main basse,
Il les emporte en son mouchoir ;
Et ce qu'il a mis à la place,
Vous allez bientôt le savoir.

Sans rien soupçonner, au village
Jeannette arrive une heure après :
« Tiens, grand-papa, je suis bien sage,
Je t'apporte de beaux œufs frais. »
Mais dans le panier qu'elle entr'ouvre,
O stupeur ! les œufs déposés
Se sont, lorsqu'elle les découvre,
En cailloux métamorphosés !

Qui pleura bien fort ? — C'est Jeannette.
Grand-papa mit fin au souci.
« Tes œufs, les voilà ! mais mazette !
Désormais retiens bien ceci :
Les œufs d'un panier qui voyage
Sont comme un oiseau prisonnier,
Et, pour que l'oiseau reste en cage,
Garde au bras l'anse du panier ! »

Barbe au menton.

JADIS, un petit gas breton
Voulait de la barbe au menton.

Un jour, un gabier de la lande
Lui dit : « Petit, la terre est grande.
Barbe au menton ne se vend pas
Près d'ici, mais là-bas, là-bas,
Par delà les côtes d'Islande.

C'est là qu'il faut aller, mon bon,
Chercher de la barbe au menton. »

Adieu, maman ! Sans rien lui dire,
Dans la cale, au fond du navire,
Voilà mon petit gas blotti !
Voile au vent ! le voilà parti,
Et l'Islande est son point de mire,

Puisque c'est par là-bas, dit-on,
Qu'on vend de la barbe au menton.

Largue l'écoute, et bitte et bosse !
Là-bas, on n'est pas à la noce.
Il faut trimer dur comme fer :
Vents, et grains, et paquets de mer
Font sortir un gas de sa cosse,

En lui faisant, dit le dicton,
Pousser de la barbe au menton.

Pendant dix mois, et davantage,
Le gaillard tint bon à l'ouvrage,
Tandis que, du matin au soir,
Sa maman, là-bas, sans espoir,
Pleurait, pleurait, sur le rivage,

Pleurait son gas qui, pensait-on,
N'aurait jamais barbe au menton.

Or, un beau matin de dimanche,
Entre au port une voile blanche.
Que voit la maman tout à coup ?
Un grand gas qui lui saute au cou
Et qui, d'une voix mâle et franche,

Lui dit : « Maman, c'est ton fiston,
Avec de la barbe au menton ! »

Le gas Colin.

C'EST le grand gas, le gas Colin,
Qui n'était pas né très malin.

« Saurais-tu bien, Colin, lui dit son maître, un jour,
Mener Coco, notre âne, à la foire du bourg ?
— Mener Coco ! fit-il : parbleu, la belle affaire !
Donnez-moi seulement, au choix, corde ou bâton,
Et je me charge, avec Coco pour compagnon,
D'aller jusqu'au bout de la terre. »

Ainsi parla le gas Colin,
Qui n'était pas né très malin.

Bâton et corde, on lui donna, pour le voyage,
Les deux, en lui disant d'en faire un bon usage ;
Et du bâton Colin se servit tout d'abord
Pour pousser devant lui Coco, grave bourrique,
Qui le long du chemin, sans souci de la trique,
S'avançait d'un pas de milord,

Suivi du gas, du gas Colin,
Qui n'était pas né très malin.

Jouer de ce bâton devint vite ennuyeux :
« Foin du bâton, dit-il, la corde vaudra mieux. »
Donc, nouant cette corde au collier de la bête,
Colin prit les devants et s'écria : « Bravo !
Je puis ainsi mener jusqu'au bout mon Coco
Sans avoir à tourner la tête. »

Ainsi parla le gas Colin,
Qui n'était pas né très malin.

Ainsi parla Colin dans sa sottise extrême.
Le nœud étant mal fait se défit de lui-même.
Coco, que ce lien ne tenait plus de court,
S'arrête, réfléchit ; et le bon de l'histoire
C'est qu'étant peu d'humeur à faire un tour de foire
Il exécute un demi-tour.

Adieu la foire, adieu Colin !
Colin n'est pas né très malin.

Coco fit demi-tour, et Colin poursuivit :
Des deux, lequel alors montra le plus d'esprit ?
L'âne en eut plus que l'homme. Et qui fit une tête
Longue de plus d'une aune, et quel nez ! mais quel nez !
Lorsque derrière lui, daignant se retourner,
Il vit la corde sans la bête ?

C'est le grand gas, le gas Colin,
Qui n'était pas né très malin !....

« Boira, boira pas !.... »

VOICI venir l'ombre du soir :
Pierre et Justin, gas de village,
Égaux de taille et de courage,
Mènent leur âne à l'abreuvoir.

Pierre tire par le licou,
Justin suit l'âne par derrière.
Entre eux deux, bête prisonnière,
L'âne marche, allongeant le cou.

L'âne marche, et soudain s'arrête :
L'abreuvoir est sous son nez : bien !
Mais y boire ne lui dit rien,
Et l'âne a son idée en tête.

— Dia hue !... » A l'avant, hardi donc !
Pierre va, tirant sur la corde ;
Mais l'âne a l'esprit de discorde
Et ses oreilles disent non.

— Dia huo, dia hue !... » A l'arrière,
Justin apporte des renforts :
Il pousse, il pousse : vains efforts !
Justin ne vaut pas mieux que Pierre.

— Boira ! boira pas !... On accourt,
Et garçons et filles de rire
Et regardant Pierre qui tire
Et Justin qui pousse toujours,

L'âne tient bon sous la tempête,
Et comme sur quatre échalas,
Raidi sur ses pieds, il est là
Têtu de la queue à la tête.

— Boira pas ! Non ! Si ! Non, vraiment ! »
Les gas cèdent. Le bon bout reste
A l'âne, qui, vainqueur modeste,
Fait demi-tour paisiblement.

Le Rouet de bois.

C'ÉTAIT une jeune bergère,
Une bergère d'autrefois,
Qui n'avait pour tout bien sur terre
Qu'un modeste rouet de bois.
Mais, de la semaine au dimanche,
La joie habitait dans son cœur,
Tant de ce rouet la laine était blanche,
La blanche laine du bonheur !

Un jour, revenant de la chasse,
Et chantant tontaine, ton ton,
Voilà le fils du roi qui passe
Et qui la prend par le menton.
« Bergère, pour filer la laine,
A la cour on est mieux encor :
Tu seras là-bas dame de la reine ;
Là-bas, ton rouet sera d'or. »

A la cour, la jeune imprudente
S'en va, tontaine, au son du cor,
Chercher le titre qui la tente,
Le titre avec le rouet d'or.
Là voilà dame de la reine,
Et voilà le rouet promis.
Mais sur ce rouet, plus de blanche laine !
Elle était noire, ô mes amis !

Du rouet la laine était noire !
Adieu la joie et le bon temps !
Noirs aussi, vous pouvez m'en croire,
Devinrent les beaux jours d'antan.
Sous le velours et sous la soie,
La bergère, mourant d'ennui,
A cet ennui livrait son cœur en proie
Et pleurait le jour et la nuit.

Une fée eut lors pitié d'elle
Et de son cœur tout morfondu :
« Allons, ne pleure plus, la belle :
Le bonheur te sera rendu.
Avec lui désormais demeure
Et sache, pour une autre fois,
Au beau rouet d'or, près duquel on pleure,
Préférer ton rouet de bois. »

Le Moulin à vent.

UN moulin à vent de village
Qui tournait, tournait jour et nuit
Ainsi qu'un écureuil en cage,
Un jour s'écria, plein d'ennui :
  « Tourner toujours ! ça lasse.
  Que ne puis-je, par grâce,
  Sur la terre ou sur l'eau,
  Etre le vent qui passe,
  Et voir, de place en place,
   Du nouveau ! »

Le ciel exauça sa demande,
Et vent il devint tout à coup :
Par les monts, la plaine et la lande
Le voilà qui court comme un fou :
  Ivresse décevante !
  Bientôt sa course errante
  Le brise et le tourmente :
  Il voudrait se coucher,
  Etre souche, eau dormante
   Ou rocher.

Rocher, soit ! — Le voilà qui plonge
Dans le sol et rocher s'endort ;
Il s'endort, se repose, songe,
Et bientôt il s'ennuie encor :
  « Avoir un cœur de pierre,
  Dit-il, quelle misère !
  Que ne puis-je sortir,
  Comme un arbre, de terre,
  Croître dans la lumière
   Et grandir ! »

Croyez-vous qu'il devint plus **sage**
Une fois arbre devenu ?
Non, mes amis, pas davantage :
Arbre, il se trouva mal venu.
    Il demanda des ailes,
    Comme les hirondelles,
    Bien pareilles entre elles,
    Et, pour faire du bruit,
    Le tic-tac des crécelles,
       Jour et nuit.

Quel fut l'effet de sa prière ?
Il redevint moulin à vent.
« Je te rends ta forme première,
Lui dit le ciel : dorénavant,
    O moulin de village,
    Accepte ton partage !
    Rester ce qu'on le fit
    C'est le secret du sage.
    Tires-en bon usage
       Et profit ! »

La Fauvette.

SUR sa branche, une fauvette
Essayait sa chansonnette.
Or, blotti dans le fourré,
Lucas, qui prête l'oreille,
  S'émerveille,
Et dit, le petit madré :
  « Je t'aurai ! »

Bientôt il vous a tendu
Un piège, un piège à la glu :
Voilà l'oiseau pris par l'aile.
Qui rit ? c'est le petit gas,
  C'est Lucas.
« En cage, dit-il, la belle,
Désormais tu chanteras. »

En cage donc il l'a mise.
« Maintenant, chante à ta guise.
Moi je serai l'auditeur. »
Mais adieu la chansonnette !
  La fauvette
Ayant froid, bien froid au cœur,
  Est muette.

Sans être un gas de Paris,
Petit Lucas a compris
Qu'un cœur, un cœur de fauvette
Pour avoir chaud veut un peu
  De ciel bleu :
A donc, ouvrant sa cagette,
Dit : « Adieu, fauvette, adieu ! »

Depuis, s'est fait souvent fête,
Au bois, d'ouïr la fauvette,
Blotti dans quelque fourré ;
Mais, tandis que son oreille
S'émerveille,
Jamais plus n'a déclaré :
« Je t'aurai ! »

Le Rossignol et l'Étoile.

JADIS vivait dans un bocage
Un beau rossignol enchanté,
Un rossignol dont le ramage
S'entendait dans les nuits d'été.

Quand il chantait sous la ramée,
Le vent n'osait plus y frémir ;
        La fleur fermée
Songeait tout bas à se rouvrir.

Or un soir, dans l'ombre immortelle,
Il vit au ciel une lueur :
C'était une étoile, si belle,
Qu'il l'appela du fond du cœur.

« Étoile, oh ! viens, c'est l'heure douce
Où la terre est plus près des cieux,
        Et dans la mousse
Je n'ai fait qu'un nid pour nous deux. »

Il chante, il implore, il soupire :
O chant éperdu, triste et beau,
Comme la plainte d'une lyre
Qui vibrerait sur un tombeau !

La nuit claire et calme scintille ;
Le chanteur s'épuise, il est las :
    L'étoile brille
Et sourit, mais ne descend pas.

La nuit pâlit, l'aube est venue ;
Le rossignol a trop chanté.
Il est mort dans la nuit d'été :
L'étoile n'est pas descendue !

Table des matières.

POÉSIES FAMILIÈRES

POÉSIES PITTORESQUES

POÉSIES HISTORIQUES

HISTORIETTES

Paris. — Imp. LAROUSSE, 13-17, rue Montparnasse. (T. L. 10-110.)